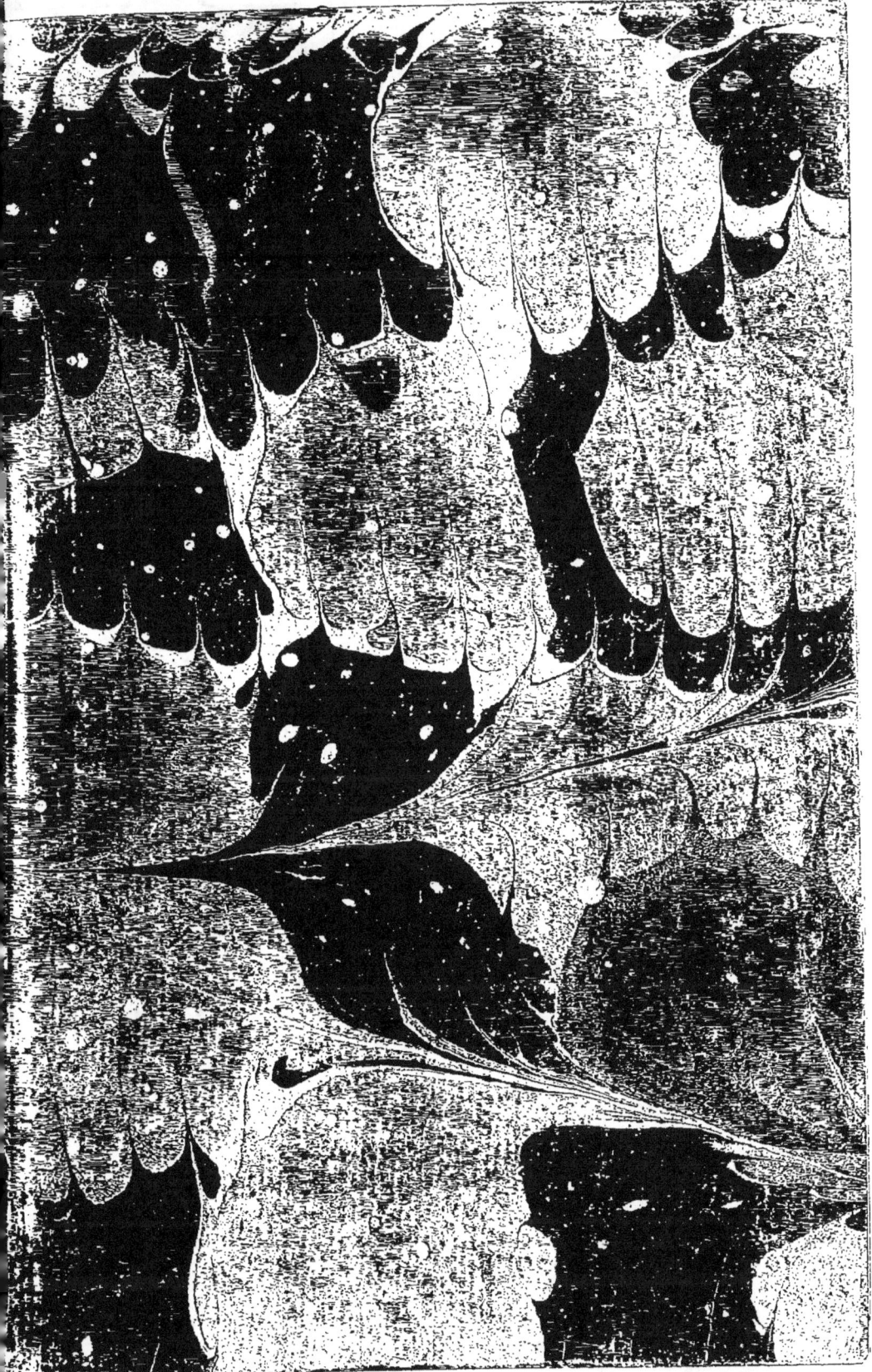

# HISTOIRE NOUVELLE

## ET DIVERTISSANTE

# DU BON-HOMME

# MISERE,

## DANS LAQUELLE ON VERRA

ce que c'est que la Misere, où elle a pris
son origine; comme elle a trompé la Mort,
& quand elle finira dans le Monde.

Par le Sieur DE LA RIVIERE.

A TROYES,

Chez la Veuve JEAN OUDOT, Imprimeur-
Libraire, rue du Temple.

(1)

AVEC PERMISSION.

# L'ORIGINE

## DE

# MISERE,

## OU L'ON VERRA CE QUE C'EST

*que la Misere, où elle a pris son commencement*
*& quand elle finira dans le monde.*

DANS un voyage que j'ai fait avec quelques amis autrefois en Italie ; je me trouvai logé chez un bon homme de Curé qui aimoit extrêmement à rapporter quelques Historiettes. J'ai retenu celle-ci qui m'a paru digne d'être mise au jour, & comme elle ne roule que sur la *Misere*, dont il nous avoit rompu la tête : auparavant que de vous la raconter, je la rapporterai telle qu'il nous la donna pour lors, ainsi que vous allez la lire.

Vous trouverez à redire, Messieurs, commença notre bon homme de Curé, de ce que je ne vous entretiens que de *Misere*. Chacun, dit-il, à ses raisons ; & vous ne sçauriez pas les miennes si je ne vous les expliquois. Vous n'en êtes, sans doute pas

A ij

informé, ce mot de *Misere*, ne se dit pas pour rien, &
peu de gens sçavent, que ce nom est celui d'un des
principaux Habitans de ma Paroisse, lequel assurément n'est pas riche, mais honnête homme, quoi
que ce ne soit que *Misere* chez lui. C'est dommage,
que ce cher Paroissien y soit si peu aimé, lui qui est
tant connu, dont l'ame est toute noble, qui est si
genereux, si bon ami, si prêt à servir dans l'occa-
sion, affable, si courtois, enfin que vous dirai - je,
lui qui n'a pas son pareil dans la vie, & qui n'en
aura jamais.

Vous allez peut-être croire, nous dit-il, Messieurs,
que ce que je vais vous dire c'est un Conte fait à plaisir, car qu'on parle tant du pauvre *Misere*, on ne
sçait guere au juste son Histoire : mais je vous proteste, foi d'honnête homme, que rien n'est plus sin-
cere ni plus veritable, & je doute même dans tout
le voyage que vous allez faire que vous appreniez
rien de plus serieux.

Je vous dirai donc que deux particuliers nommez
*Pierre* & *Paul* s'étant rencontrés dans ma Paroiss-
se, qui est passablement grande, & dont les Habitans seroient assez à leur aise, si *Misere* n'y demeu-
roit pas, en arrivant à l'entrée de ce lieu du côté de
Milan, environ sur les cinq heures du soir, étant
tous deux trempez ( comme on dit, ) jusqu'aux os.
Où logerons - nous, demanda *Paul* à *Pierre* : De
foi lui répondit - il, je ne connois pas le terrain, je
n'ai jamais passé par ici. Il me semble, reprit *Paul*
que sur la droite voici une grosse maison, qui paroît
appartenir à quelque riche Bourgeois, nous pourrions lui faire la priere, si c'est sa volonté, de

nous voudrois bien retirer pour cette nuit. J'y consens de tout mon cœur, dit *Pierre* : mais il me paroît, sauf votre meilleur avis, qu'il seroit bon, auparavant que d'entrer chez lui, de nous informer dans
le voisinage, quel sorte d'homme c'est que le Maître de ce logis ; s'il a du bien, & est aisé ? car on s'y
trompe assez souvent ; avec toutes les belles maisons
qui paroissent à nos yeux ; nous trouvons pour l'or-
dinaire, que ceux qui semblent en être les Maîtres,
les doivent, & n'ont pas quelquefois un liard dessus
à y prétendre, pour bien connoître un homme &
juger pertinemment de ses biens & facultez, il faut
le voir mort ; mais si nous attendions après cela
pour souper, nous pourrions bien dire notre *Benedi-
te* & nos *Graces* dans le même moment. Cela n'est
que trop commun, répondit *Paul* ; mais la pluïe con-
tinuë toûjours, je vais demander à une bonne Femme qui lave du linge dans ce fossé, ce qui en est.

Hé bien, bonne Mere lui dit *Paul*, s'approchant d'elle, il pleut bien fort aujourd'hui ; Bon lui répondit-
elle, Monsieur, ce n'est que de l'eau, & si c'étoit
du vin, cela n'accommoderoit pas ma lessive.

Vous êtes gaye à ce qu'il me paroît, repartit *Paul*.
Pourquoi pas, lui dit elle, il ne me manque rien
au monde de tout ce qu'une femme peut souhaitter
excepté de l'argent. De l'argent, dit *Paul*, Hélas !
vous êtes bien-heureuse si vous n'en ayez point, &
que vous puissiez vous en passer : Oüi, lui répondit-
elle, cela s'appelle parler comme Saint Paul la bou-
che ouverte. Vous aimez à plaisanter, bonne femme lui dit *Paul* ; mais vous ne sçavez pas que l'argent est ordinairement la perte de nombre d'ames.

& qu'il seroit à souhaiter pour bien des gens qu'ils n'en maniassent jamais. Pour moi, lui dit elle, je ne fais point de pareils souhaits; j'en manie si peu, que je n'ai pas seulement le tems de regarder une piece comme elle est faite: Tant mieux dit *Paul* Ma foi tant mieux vous même, lui répondit-elle. Voilà une plaisante maniere de parler: Si vous avez envie de vous moquer de moi, vous pouvez passer votre chemin, aussi bien voilà votre Camarade qui se morfond en vous attendant. Nous nous réchaufferons tantôt, reprit *Paul.* Mais bonne Mere ne vous fachez point, je vous prie, je n'ai pas intention de vous rien dire qui vous fasse de la peine, & vous ne me connoissez pas, à ce que je vois. Allez, allez, lui dit-elle, Monsieur continuez votre chemin, vous n'êtes qu'en engeolleur.

*Pierre*, qui avoit entendu une partie de cette conversation dont il étoit fort ennuyé à cause d'un orage extraordinaire qui survint, s'étant approché: Cette femme, dit-il, devroit se mettre à couvert, Quelle nécessité de se mouiller de la sorte? est-ce un ouvrage si pressé? cela ne se pourroit-il pas remettre à une autrefois? Courage, dit-elle, l'un raisonne à peu près comme l'autre? On remet la besogne du monde comme cela en votre pays; Malpeste vous ne connoissez gueres les gens de ces quartiers. S'il manquoit, dit-elle, en regardant *Pierre* ce soir une coeffe de nuit de tout ce que j'ai ici à Monsieur Richard, je ne serois pas bonne à être jettée aux chiens. Cet homme est donc bien difficile à contenter, lui demanda *Pierre* Ho, Monsieur, s'écria t-elle, c'est bien le plus ladre vilain qui foit fous la terre. Si vous le connoiffiez . . . . . c'eft un homme à fe faire feffer pour une Bajoque Comment, dit *Pierre*, n'eft-ce pas celui qui demeure à cette belle maifon qu'on découvre d'ici ? Tout jufte, répondit la bonne femme ; & c'eft pour lui que je travaille. Adieu, lui dit *Pierre*, le tems qu'il fait ne nous permet pas de caufer d'avantage. Ayant rejoint *Paul*, ils fe mirent à couvert fous un petit au-vent, à quatre pas de-là, confulterent enfemble de ce qu'ils feroient en cette occafion. Après avoir été un quart-d'heure un peu embarraffé ; voyons dit *Pierre*, ce qu'il en fera, rifquons le paquet. Si vilain que foit cet homme, peut-être aura t'il quelqu'honnêteté pour nous ; ces fortes de gens ont quelquefois de bons momens.

Allons, dit *Paul*, je vais faire la harangue, je voudrois de tout mon cœur en être quitte, & que nous fuffions déja retirez. Ils arriverent enfin à la porte de Mr. *Richard*, comme il s'alloit mettre à table. Ils heurterent fort doucement, & un Valet étant venu à la hâte, & ayant paffé nud tête au bout de la Cour, fe fentant mouillé, leur demanda fort brufquement ce qu'ils fouhaitoient, *Paul* qui étoit obligé de porter la parole, pria avec toutes fortes d'honnêtez, de vouloir bien demander à fon Maître, s'il auroit affez de bonté, que d'accorder un petit coin de fa Maifon à deux hommes très-fatiguez. Vous prenez bien de la peine, leur dit-il, mes bonnes gens ; mais c'eft du tems perdu ; mon Maître ne loge jamais perfonne. Je le crois, dit, *Paul*, mais faites-nous l'amitié par grace, d'aller lui dire que nous souhaitterions bien avoir l'honneur de le saluër. Ma foi, dit le Valet le voilà sur la porte de la Salle, parlez lui vous-même.

Qui sont ces gens-là, dit *Richard*, à son Valet, d'une voix assez élevée? Ils demande à loger? répondit l'autre. Hé bien, maraut, ne peut-tu pas leur répondre, que ma maison n'est pas une Auberge?

Vous l'entendez, Messieurs, ne vous l'avois-je pas bien dit? *Paul* se hazardant d'approcher *Richard*: Hélas Monsieur, dit-il d'un air pitoyable, par le mauvais tems qu'il fait, ce seroit une grande charité que de vouloir bien nous donner, s'il vous plaît, un pauvre petit endroit pour reposer deux ou trois heures. Voilà des gens d'une grande effronterie, dit-il, en regardant son Valet, & pourquoi laisses tu entrer ces canailles? Allez, allez dit-il, d'un air méprisant à *Paul*, chercher à loger où vous l'entendrez ce n'est pas ici un Cabaret; puis leur fit fermer la porte au nez.

Le mauvais tems continuant toûjours. Que deviendrons nous dit *Paul*? Voici la nuit qui approche; si on nous reçoit par tout de même que dans cette maison-ci, nous courons risque de passer assez mal notre tems. Le Seigneur y pourvoira, répondit *Pierre*: nous devons comme vous le sçavez aussi-bien que moi, nous confier en lui. Mais, dit-il, en se retournant, il me semble que voici à deux pas d'ici votre Blanchisseuse, avec laquelle nous avons causé en arrivant, laquelle paroît bien fatiguée, & qui se repose sur une borne avec son linge.

C'est elle-même dit *Paul*. Il seroit bon, continua *Pierre*, de lui demander où nous pourrions lo-

J'y consens lui répondit-il. En même tems
Paul s'approchant de cette pauvre femme, lui demanda dans quel endroit de la Ville les passans qui
n'avoient point d'argent, pouvoient être reçûs pour
une nuit seulement.

Je voudrois leur répondit-elle qu'il me fût permis de vous fériter, je le ferois de bon cœur, parce
que vous paroissez de bonnes gens : je suis veuve, & cela feroit causer. Cependant si vous voulez
bien attendre, & avoir un peu de patience, dans
mon voisinage & près de ma petite chaumiere, qui
est au bout de la Ville, nous avons un pauvre bon
Homme nommé *Misere* qui a une petite maison
tout auprès de moi, & qui pourra bien vous donner gîte pour ce soir.

Volontiers, répondit *Paul*, allez faire à votre
aise vos affaires nous vous attendons ici. La bonne femme étant entrée chez Monsieur *Richard*, &
ayant remis son linge dans le grenier, revint trouver
nos deux Voyageurs, qui exerçoient toutes leurs ver-
tus, pour ne pas s'impatienter. Suivez moi, dit-elle, &
marchons un peu vîte, car il y a un bon bout de chemin à faire, & il sera assurément nuit avant que nous
soyons à la maison. Ils arriverent enfin, & cette
charitable femme ayant heurté à la porte de son
voisin, ils furent très-long tems à attendre qu'elle
fut ouverte, parce que le bon-homme étoit déja couché, quoiqu'il ne fut pas au plus six heures
& demie. Il se leva à la voix de sa voisine, & lui
demanda fort obligemment ce qu'il y avoit pour
son service ? Vous me ferez plaisir, lui répondit-
elle, de donner à coucher à deux pauvres gens,

qui ne sçavent quelque côté donner de la tête. Où sont-ils, lui demanda le bon-homme, en se levant promptement ? A votre porte, répondit-elle. A la bonne heure, lui dit-il, allumez-moi seulement un peu ma lampe je vous en prie. Ayant de la lumiere ils entrerent dans la maison : mais tout y étoit sans dessus dessous, l'on n'y connoissoit rien au monde. Le Maître de ce taudis logeoit seul. C'étoit un grand homme maigre, sec & pâle, qui sembloit sortir d'un sepulchre. Dieu soit ceans, dit *Pierre*. Hélas ! dit le bon-homme, ainsi soit-il, nous aurions bien besoin de ta bénédiction, pour vous donner à souper, car je vous proteste qu'il n'y a pas seulement un morceau de pain ici.

Il n'importe dit *Pierre*, pourvû que nous soyons à couvert, c'est tout ce que nous souhaitons. La voisine qui s'étoit bien doutée qu'on ne trouveroit rien chez le pauvre *Misere*, étoit sortie fort doucement, rentra aussi-tôt, apportant quatre gros Merlans tous rôtis, avec un gros pain, & une cruche de vin de Suze. Je viens, dit-elle, souper avec vous.

Du Poisson, dit *Pierre* ? Oh nous voila admirablement bien ! Comment, Monsieur, dit la voisine, est-ce que vous aimez le poisson ? Si j'aime le poisson ! reprit-il, je dois bien l'aimer, puisque mon pere en vendoit. Je suis fort heureuse reprit la voisine, cela étant de la sorte, d'avoir un petit morceau de votre goût, & qui puisse vous faire plaisir.

L'embarras se trouva très-grand pour se mettre à table, car il n'y en avoit point, la bonne voisine en fut chercher une, enfin on mangea ; & comme il n'est que viande d'apetit, les poissons furent trou-

vez admirablement bons ; il n'y eut que le Maître
de la maison qui ne pût pas prendre sa part. Il n'a-
voit cependant pas soupé , quoiqu'il fût couché ,
lors que cette compagnie étoit arrivée chez lui :
mais il lui étoit arrivé une petite avanture l'après-
midi, qui l'avoit rendu de très-mauvaise humeur ;
aussi ne fit-il que conter ses peines, ses douleurs &
ses afflictions durant tout le repas ; à quoi les deux
Voyageurs parurent fort sensibles , & n'oublierent
rien pour sa consolation.

L'accident qui lui étoit survenu , n'étoit pas bien
considérable ; mais comme on dit , il n'est pas difficile de ruiner un pauvre homme. Dans la cour , où
l'on pouvoit entrer facilement , n'y ayant qu'une
haye à sauter , il y avoit un assez beau Poirier, dont
le fruit étoit excellent , & qui fournissoit seul presque la moitié de la subsistance de ce bon homme.
Un de ses voisins , qui avoit guetté le quart d'heure
qu'il n'étoit pas à la maison , lui avoit enlevé toutes ses plus belles poires ; bien que cela l'avoit
tellement chagriné par la grosse perte que cela lui
causoit, qu'après avoir bien juré contre le voleur.
Il s'étoit de dépit allé coucher sans souper : Sans
cette aventure , il courroit encore le même risque ,
puisque dans toute la journée il n'avoit pas pû trouver un seul morceau de pain par toute la Ville.

Il avoit assurément raison d'avoir de l'inquiétude,
il y en a bien d'autres qui se chagrineroient à moins.
*Paul* en regardant *Pierre*, voilà un homme, lui dit-
il, qui me fait compassion ; il a du mérite, & l'ame
bien placée, tout miserable qu'il est , il faut que
nous prions le Ciel pour lui.

Hélas ! Monsieur, vous me ferez bien plaisir. Pour moi dit le bon *Misere*, il semble que mes prières ont bien peu de crédit, puisque quoi que je les renouvelle souvent, je ne puis pas sortir du fâcheux état auquel vous me voyez réduit.

Le Seigneur éprouve quelque-fois les justes, lui dit *Pierre* en l'interrompant, mais mon ami, continua t'il, si vous ayiez quelque grâce à demander à Dieu dequoi s'agiroit-il ? Que souhaiteriez vous ? Ah, dit-il, Monsieur dans la colere où je me trouve contre les fripons qui ont volé mes Poires, je ne demanderois rien autre chose au Seigneur, sinon *Que tous ceux qui monteroient sur mon Poirier, y restassent tant qu'il me plairoit, & n'en pussent jamais descendre que par ma volonté.*

Voilà se borner à peu de chose, dit *Pierre.* Mais enfin cela vous contentera donc ? Oüi, répondit le bon homme, plus que tous les biens du monde. Quelle joye poursuivit-il, seroit-ce pour moi de voir un Coquin sur une branche demeurer-là comme une souche en me demandant quartier ! Quelle plaisir de voir comme sur un cheval de bois les miserables larrons ! Ton souhait sera accompli, lui répondit *Pierre*, & si le Seigneur fait souvent, comme il est vrai, quelque chose pour ses serviteurs, nous l'en prierons de notre mieux.

Durant toute la nuit *Pierre* & *Paul*, se mirent effectivement en prieres ; car pour parler de couches le pauvre *Misere* n'avoit qu'une seule botte de paille, qu'il voulot bien leur ceder, mais qu'ils refuserent absolument ne voulant pas decoucher leur Hôte. Le jour venu, & après lui avoir donné toutes

sortes de benedictions, de même qu'à la voisine, qui
en avoit usé si honnêtement avec eux, ils partirent
de ce triste lieu, & dirent à *Misere* qu'ils espéroient
que sa demande seroit octroyée, que dorénavant
personne ne toucheroit à ses Poires qu'à bonnes en-
seignes. Qu'il pouvoit hardiment sortir : Que si durant son absence quelqu'un étoit assez hardi que de
monter sur l'arbre, il y retrouveroit lors qu'il reviendroit à sa maison, & qu'il ne pourroit jamais
en descendre que de son consentement.

Je le souhaite, dit *Misere*, en riant, c'étoit peut-être
la premiere fois de sa vie que cela lui arrivoit : aussi
croyoit-il que *Pierre* ne lui avoit parlé de la sorte,
que pour se moquer de lui, de la simplicité qu'il a-
voit eue de faire un souhait si extravagant. Enfin les
deux Voyageurs étant partis, il en arriva tout autrement que *Misere* n'avoit pensé, & il ne tarda pas à
s'en appercevoir : car le même voleur qui lui avoit
enlevé les plus belles Poires, étant revenu le même
jour dans le tems que l'autre étoit allé chercher une
cruche d'eau à la fontaine, fut surpris, en rentrant
chez lui, de le voir perché sur son arbre & qui faisoit toutes sortes d'efforts pour se débarrasser.

Ah ! drôle, je vous y tiens commença à lui dire
*Misere*, d'un ton tout à fait joyeux. Ciel ! dit-il en
lui-même, quels gens sont venus loger chez-moi
cette nuit ! Oh pour le coup continua-t'il, en parlant
toûjours à son voleur, vous aurez tout le tems, notre
ami, de cueillir mes Poires ; mais je vous proteste que
vous les payerez bien cheres, par les tourmens que je
vais vous faire souffrir. En premier lieu, je veux,
que toute la Ville vous voye en cet état ; ensuite

je ferai un bon feu sous mon Poirier, pour vous
parfumer comme un Jambon de Mayence.

Misericorde, Monsieur *Misere*, s'écria le déni-
cheur de Poires, pardon pour cette fois, je n'y retour-
nerai de ma vie, je vous le proteste. Je le crois bien,
lui répondit l'autre; mais tandis que je te tiens, il faut
que je te fasse bien payer tout le tort que tu m'as fait.
S'il ne s'agit que d'argent, répondit le voleur, deman-
dez-moi ce qu'il vous plaira, je vous le donnerai.

Non, lui dit *Misere*, point de quartier. J'ai bien
besoin d'argent, mais je n'en veux point, je ne demande que la vengeance & te punir, puisque j'en suis
le maître. Je vais, dit-il en le quittant, toûjours chercher du bois de tout côtez, & ensuite tu apprendras
de mes nouvelles; ne perds pas patience, car tu as
tout le tems de faire de belles reflexions, sur ton
avanture. Ah, ah! gaillard, continua-t-il, vous aimez donc les Poires mûres? on vous en gardera.

*Misere* s'en étant allé, & laissé le pauvre diable
sur son arbre, où il se donnoit tous les mouvemens du
monde, & faisoit toutes sortes de contorsions pour
en sortir, sans y pouvoir parvenir, il se mit à lamen-
ter, & cria tant qu'on l'entendit d'une maison voisine. On vint au secours, croyant que dans cet endroit écarté ce pouvoit être quelqu'un qu'on assas-
sinoit. Deux hommes étant accourus du côté où il
entendoient qu'on se plaignoit, furent bien surpris
de voir celui-ci monté sur l'arbre du bon-homme
*Misere*, qui n'en pouvoit pas descendre.

Hé que diable fais-tu là, Compere, lui dit un de
ses voisins, & que ne descends-tu? Ah! mes amis,
s'écria-t-il, le miserable homme à qui appartient ce

Poirier, eſt un ſorcier ; il y a deux heures que je ſuis
ſur cette branche, ſans en pouvoir ſortir. Tu te trompe, reprit l'autre ; *Miſere* eſt un très-honnête homme ; il n'eſt par riche, mais il n'eſt aſſûrement pas
ſorcier ; autrement nous le verrions dans un autre état
que celui auquel il eſt depuis tant d'années. Peut-être
que c'eſt par une permiſſion de Dieu que tu es demeu-
ré branché de la ſorte pour avoir voulu lui voler ſes
Poires. Quoi qu'il en ſoit, la charité chrétienne,
nous oblige à te ſoulager. Diſant cela, ils montèrent
l'un à une branche, l'autre à une autre, & ſe mirent
en devoir de débarraſſer leur Voiſin ; mais il n'en
purent jamais venir à bout, ils lui euſſent plûtôt
arraché tous les membres l'un après l'autre, que de
le tirer de là. Après toutes ſortes d'efforts inutiles :
Il eſt ma foi enſorcellé, ſe dirent-ils ; il n'y a rien
à faire, il faut en avertir promptement la Juſtice,
deſcendons. Ils ſe mirent en effet en devoir de ſau-
ter en bas ; mais qu'elle ſurpriſe pour ces pauvres
gens, de voir qu'ils ne pouvoient non plus remuer
que leur Voiſin.

Ils demeurèrent de la ſorte juſqu'à dix-ſept heures & demie * que le bon-homme *Miſere* étant ren-
tré avec un Biſſac plein de pain, & un grand ſagot
de brouſſailles ſur ſa tête, qu'il avoit été ramaſſer
dans les hayes, fut terriblement étonné de voir trois
hommes, au lieu d'un ſeul, qu'il avoit laiſſé ſur ſon
Poirier. Ah, ah, dit-il, la Foire ſera bonne ; à ce
que je vois, puiſque voici tant de Marchands qui
s'amaſſent ! Hé que veniez-vous faire ici nos amis,

---

§ *C'eſt environ midi, en Italie les heures ſe comptent de ſuite*
*juſqu'à vingt-quatre, puis recommencent par une.*

commença à demander Misère aux deux derniers
venus est-ce que vous ne pouviez pas me demander des Poires, sans venir de la sorte me les déro-
ber ? Nous ne sommes point des voleurs, lui ré-
pondirent-ils ; nous sommes des voisins charitables
venus exprès pour secourir un homme, dont les la-
mentations & les cris nous faisoient pitié ; quand
nous voulons des Poires, nous en achetons au mar-
ché, il y en a assez sans les vôtres.

Si ce que vous me dites est vrai, reprit Misère,
vous ne tenez à rien sur cet Arbre, vous en pouvez
descendre quand il vous plaira, la punition n'est
que pour les voleurs. Et en même tems leur ayant dit
qu'ils pouvoient tous deux descendre, ils le firent
fort promptement, sans se faire prier, & ne sça-
voient que penser de l'autorité qu'avoit Misère sur
cet Arbre.

Ces deux Voisins étant à terre remercièrent Misère, de ce qu'il venoit de faire pour eux, & le
prièrent en même tems d'avoir compassion de ce
pauvre Diable, qui souffroit extraordinairement
depuis tant de tems qu'il étoit ainsi en faction. Il
n'en est pas quitte, leur répondit-il ; vous voyez
bien par expérience qu'il est convaincu du vol de
mes Poires, puisqu'il ne peut pas descendre de dessus
l'Arbre, comme vous venez de faire, & il y restera
tant que je l'ordonnerai, pour me vanger du tort
que ce larron m'a fait depuis tant d'années, que je
n'en ai pû recueillir un seul quarteron.

Vous êtes trop bon Chrétien, Monsieur Misère,
reprirent les deux Voisins, pour passer les choses
à une telle extrémité ; nous vous demandons si grâ-

te

te pour cette fois : vous perderiez en un moment
votre honneur, qui est si bien établi de tous côtez,
depuis tant d'années que votre famille demeure en
cette Paroisse ; faites tréve à votre juste ressentiment,
& lui pardonnez selon votre bon cœur, à votre prié-
re : au bout du compte, quand vous le ferez souffrir
davantage, en ferez-vous plus riche ?

Ce ne sont pas les biens ni les richesses, reprit
*Misére*, qui n'ont jamais eu aucun pouvoir sur moi :
Je sçais bien que ce que vous me dites est véritable ;
mais est-il juste qu'il ait profité de mon bien, sans
que je trouve au moins quelque petite récompense ?
Je payerai tout ce que vous voudrez, s'écria le voleur de Poires, mais au nom de Dieu, faites-moi
détacher, je souffre toutes les miseres du monde.

A ce mot *Misére* lui-même se laissant toucher,
dit qu'il vouloit bien oublier sa faute, & qu'il la lui
pardonnoit : que pour faire connoître qu'il avoit
l'ame généreuse, & que ce n'étoit pas l'intérêt qui
l'avoit jamais fait agir dans aucune action de sa vie,
il lui faisoit présent de tout ce qui lui avoit volé,
qu'il alloit le délivrer de la peine où il se trouvoit :
mais sous une condition qu'il falloit qu'il accordât
avec serment, c'est que de sa vie il ne reviendroit
sur son Poirier, & s'en éloigneroit toûjours de cent
pas, aussi tôt que les Poires seroient meures.

A que cent Diables m'emporte, s'écria-t-il,
si jamais j'en approche d'une lieuë. C'en est assez
lui dit *Misére*, descendez, Voisin, vous êtes libre,
mais n'y retournez plus, s'ils vous plaît. Le pauvre
homme avoit tous les membres si engourdis, qu'il
fallut que *Misére*, tout cassé qu'il étoit, l'aidât à

déscendre avec une échelle, les autres n'ayant jamais voulu approcher de l'Arbre, tant ils lui portoient du respect, craignant encore quelque nouvelle avanture.

Celle-ci néanmoins ne fut pas secrette ; elle fit tant de bruit, que chacun en raisonna à sa fantaisie. Ce qu'il y eut toûjours de très-certain, c'est que jamais depuis ce tems là personne n'a osé approcher du Poirier du bon homme *Misere*, & qu'il en a fait lui seul une recolte complette.

Le pauvre homme s'estimoit bien recompensé d'avoir logé chez lui deux inconnus, qui lui avoient procuré un si grand avantage. Il faut convenir que dans le fond il s'agissoit de bien peu de chose ; mais quand on obtient ce qu'on desire au monde, cela se peut conter pour beaucoup. *Misere* content de sa destinée, telle qu'elle étoit, couloit sa vie toûjours assez pauvrement, mais il avoit l'esprit content, puisqu'il jouissoit en paix du petit revenu de son Poirier, & que c'étoit à quoi il avoit pû borner toute sa petite fortune.

Cependant l'âge le gagnoit ; étant bien éloigné d'avoir toutes ses aises, il souffroit bien plus qu'un autre ; mais la patience s'étant renduë la maîtresse de toutes ses actions, une certaine joye secrette de se voir absolument maître de son Poirier, lui tenoit lieu de tout. Un certain jour qu'il y pensoit le moins, étant assez tranquille dans sa petite maison, il entendit frapper à sa porte, & fut si peu que rien étonné de recevoir une visite, à laquelle il s'attendoit bien, mais qu'il ne croyoit pas si proche : c'étoit la Mort, qui faisant sa ronde dans le monde, était venu lui annoncer que son heure approchoit, qu'elle alloit le délivrer de tous les malheurs qui accompagnoient ordinairement cette vie.

Soyez la bien venuë, lui dit *Misere*, sans s'émouvoir, en la regardant d'un grand sens froid, & comme un homme qui ne la craignoit point, n'ayant rien de mauvais sur sa conscience, ayant vécu en honnête homme, quoi que très-pauvrement.

La Mort fut très-surprise de le voir soutenir sa venuë avec tant d'intrepidité. Quoi lui dit-elle, tu ne me crains point, moi qui fait trembler d'un seul regard tout ce qu'il y a de plus puissant sur la terre, depuis le Berger jusqu'au Monarque ? Non, lui dit, vous ne me faites aucune peur, & quel plaisir ai-je dans cette vie ? quel engagement m'y voyez-vous pour n'en pas sortir avec plaisir ? je n'ai ni Femme ni enfans ( j'ai toûjours eu assez d'autres maux sans ceux-là ) je n'ai pas un poulce de terre vaillant, excepté cette petite Chaumiere & mon Poirier qui est lui seul mon père nourricier, par ces beaux fruits que vous voyez qu'il me rapporte tous les ans, dont il est encore à present tout chargé ; & si quelque chose dans ce monde étoit capable de me faire de la peine, je n'en aurois point d'autre qu'une certaine attache que j'ai à cet Arbre depuis tant d'années qu'il me nourrit, mais comme il faut prendre son parti avec vous, & que la replique n'est point de saison, quand vous vouliez qu'on vous suive, tout ce que je desire & que je vous prie de m'accorder avant que je meure, c'est que je mange encore en votre presence une de mes Poires, après cela je ne vous demande plus rien

La demande est trop raisonnable, lui dit la Mort pour te la refuser, va toi-même choisir la Poire que tu veux manger, j'y consens.

*Misere* ayant passé dans sa Cour, la Mort le suivant toûjours de piés, tourna long-tems autour de son Poirier, regardant dans toutes les branches la Poire qui lui plaisoit le plus; & ayant jetté la vûë sur une qui lui paroissoit très-belle: voilà, dit-il, celle que je choisis, prêtez-moi, je vous prie votre Faux pour un instant, que je l'abbatte.

Cet instrument ne se prête à personne, lui répondit la Mort, & jamais bon Soldat ne se laisse desarmer, mais je regarde qu'il vaut mieux cueillir avec la main cette Poire, qui se gâteroit si elle tomboit, Monte sur ton Arbre, dit-a *Misere*. C'est bien dit, si j'en avois la force, lui répondit-il, ne voyez-vous pas que je ne sçaurois presque me soutenir? Hé bien lui repliqua-t-elle, je veux bien te rendre ce service, j'y vais monter moi-même & te chercher cette belle Poire dont tu espere tant de contentement.

La Mort ayant grimpé sur l'Arbre, cueillit la Poire que *Misere* desiroit avec tant d'ardeur; mais elle fut bien étourdie lorsque voulant descendre, cela se trouva tout à fait impossible. Bon-homme, lui dit-elle, en se tournant du côté de *Misere*, dis moi un peu ce que c'est que cet Arbre-ci.

Comment, lui répondit-il, ne voyez-vous pas que c'est un Poirier? Sans doute, lui dit-elle; mais que veut dire que je ne sçaurois pas en descendre? Ma foi reprit *Misere*, ce sont-là vos affaires. Oh, Bon-homme! quoi? vous osez-vous joüer à moi, qui fais trembler toute la terre ? A quoi vous expofez-vous ?

J'en suis fâché lui dit *Mifere*, mais à quoi vous expofez-vous vous même, de venir troubler le repos d'un malheureux qui ne vous fait aucun tort ? Tout le monde entier n'est il pas affez grand, pour exercer votre empire, votre rage & toutes vos fureurs fans venir dans une miserable Chaumiere arracher la vie à un homme qui ne vous a jamais fait aucun mal ? Que ne vous promenez-vous dans le vafte Univers, au milieu de tant de grandes Villes & de fi beaux Palais, vous trouverez de belles matieres pour exercer votre babarie. Quelle penfée fantafque vous a voit pris aujourd'hui de fonger à moi ? vous ayez continua-t-il tout le tems d'y faire attention ; & puifque je vous ai à prefent fous ma loi ; que je vais faire du bien au pauvre monde, que vous tenez en efclavage depuis tant de fiécles ! Non, fans miracle, vous ne fortirez point d'ici que je ne le veüille.

La Mort qui ne s'étoit jamais trouvée à une telle fête, connut bien qu'il y avoit dans cet arbre quelque chofe de furnaturel. Bon-homme, lui dit-elle, vous avez raifon de me traiter comme vous faites, j'ai merité ce qui m'arrive aujourd'hui, pour avoir eu trop de complaifance pour vous : cependant, je ne m'en repens pas ; mais auffi il ne faut pas que vous abufiez du pouvoir que le Tout-puiffant vous donne dans ce moment fur moi. Ne vous oppofez pas davantage, je vous prie, aux volontez du Ciel. S'il defire que vous fortiez de cette vie, vos détours feront inutiles, il vous y forcera malgré vous ; confentez feulement que je defcende de cet Arbre, sinon je le ferai mourir tout à l'heure.

Si vous faites ce coup, lui dit *Misere*, je vous proteste sur tout ce qu'il y a au monde de plus sacré, tout mort que soit mon Arbre, vous n'en sortirez jamais que par la permission de Dieu.

Je m'aperçois, reprit la Mort, que je suis aujourd'hui entrée dans une fâcheuse maison pour moi, Enfin, Bon homme, je commence à m'ennuyer ici, j'ai des affaires aux quatre coins du monde qui faut qu'elles soient terminées avant que le Soleil soit couché : voulez-vous arrêter le cours de la nature : Si une fois je sors de cette place, vous pourriez bien vous en ressouvenir.

Non, lui répondit *Misere*, je ne crains rien, tout homme qui n'apprehende point la Mort, est au dessus de bien des choses, vos menaces ne me causent pas seulement la moindre petite émotion, je suis toujours prêt à partir pour l'autre monde, quand le Seigneur l'aura ordonné.

Voilà lui dit la Mort, de très beaux sentimens, & je ne croyois pas, qu'une si petite Maison renfermoit un si grand Trésor. Tu peux te vanter bon-homme, d'être le premier dans la vie qui ait vaincu la Mort. Le Ciel m'ordonne que de ton consentement je te quitte, & ne reviendrai jamais te voir qu'au jour du Jugement universel, après que j'aurai achevé mon grand ouvrage, qui fera la destruction generale de tout le genre humain. Je te la ferai voir, je te promets, mais sans balancer, souffre que je descende, ou du moins que je m'envole, une Reine m'attend à cinq cens lieües d'ici pour partir.

Dois-je ajouter foi, reprit Misere, à votre dif-
cours, & n'est point pour me mieux tromper que
vous me parlez ainsi? Non, je te jure, jamais tu ne
me verras qu'après l'entière désolation de toute la nature, & ce sera toi qui recevra le dernier coup de ma
Faux; les arrêts de la Mort sont irrévocables, entends tu, bon-homme?

Oüi, dit-il, je vous entends, & je dois ajouter foi
à vos paroles, & pour vous le prouver efficacement
je consens que vous vous retiriez quand il vous plaira, vous en avez à présent la liberté.

A ce mot, la Mort ayant fendu les airs, elle s'enfuit
à la vûë de Misere sans qu'on en ait entendu parler
depuis. Quoique très-souvent elle vienne dans le
Païs, même dans cette petite Ville, elle passe tôû-
jours devant sa porte, sans oser s'informer de sa
santé; c'est ce qui fait que Misere si âgé soit-il, à
vêcu depuis ce tems-là toûjours dans la même pau-
vreté près de son cher Poirier, & suivant les pro-
messes de la Mort, il restera sur la terre tant que le
monde sera monde.

## FIN.

## APPROBATION.

J'Ay lû par ordre de Monsieur le Lieutenant Géneral de Police, un petit Livre, qui a pour titre, *Histoire nouvelle & divertissante, du Bon-homme Misere*, dont on peut permettre la réimpression. A Paris ce premier Juillet 1719.

PASSART.

---

## PERMISSION.

VEu l'Approbation du Sieur Passart, permis d'imprimer ce 7. Juillet 1719.

DE MACHAULT.